MW01609794

COLLECTION FOLIO

Erri De Luca

Les saintes
du scandale

Traduit de l'italien par Danièle Valin

Mercure de France

Cet ouvrage a précédemment paru dans la collection « Traits et portraits », dirigée par Colette Fellous, au Mercure de France.

Titre original :

LE SANTE DELLO SCANDALO

© *by Erri De Luca, 2011.*
First published by Casa Editrice Giuntina, Florence.
Published by arrangement with Susanna Zevi
Agenzia Letteraria, Milan.
© *Mercure de France, 2013, pour la traduction française.*

Erri De Luca est né à Naples en 1950 et vit aujourd'hui près de Rome. Venu à la littérature « par accident » avec *Pas ici, pas maintenant,* son premier roman mûri à la fin des années quatre-vingt, il est depuis considéré comme l'un des écrivains les plus importants de sa génération, et ses livres sont traduits dans de nombreux pays.

En 2002, il a reçu le prix Femina étranger pour *Montedidio.*

Histoire de Giuseppina

Le XXᵉ siècle a été le siècle numéro 1 des grandes émigrations. Les billets de troisième classe ne prévoyaient pas de trajet de retour. Et ceux qui partaient, se détachant d'un coup sec de leur terre patrie ingrate, n'imaginaient même pas quand ni comment ils reviendraient. D'année en année, la majeure partie d'entre eux effaçait de leur vocabulaire le verbe revenir.

Seuls les Juifs d'Europe orientale, agressés par les pogroms et entraînés aux expulsions, n'avaient aucune patrie à quitter et déménageaient d'un exil à l'autre. Nous les Napolitains, par exemple, nous avions en commun avec eux la même fable dans les oreilles, que l'Amérique (La Mérique) était la terre de l'or, en yiddish « Di Goldene Medine ». À New York, j'ai visité Ellis Island où l'on passait au peigne fin des millions de débarqués. Aujourd'hui, c'est un musée. Sur un panneau, on a retranscrit la phrase d'un ouvrier napolitain : « On m'avait dit que les rues de New York étaient pavées d'or. Quand je suis arrivé, j'ai constaté trois choses. Premièrement : qu'elles n'étaient pas pavées d'or. Deuxièmement : qu'elles n'étaient pas du tout pavées. Troisièmement : que c'était moi qui devrais les paver. »

J'ai fait partie de la dernière vague de l'émigration italienne, j'ai été ouvrier en France et dans les villes du nord de l'Italie. J'ai partagé histoires et domiciles. Mon bilan se situe dans la moyenne, j'ai écouté des expériences plus dures que la mienne comme autant de moins pénibles. Rien à voir avec ceux qui émigrent aujourd'hui, siècle numéro 2 des émigrations, sans fable sur l'or et sans achat de billet, prêts à détruire leurs papiers pour compliquer les arrestations et les expulsions. À Lampedusa, nos autorités ont brûlé les grosses barques et les barcasses saisies à ceux qui ont réussi à descendre sur la terre ferme d'Europe. Ils ont détruit les pièces héroïques d'un futur musée. Les fils, les petits-fils de ceux qui ont débarqué de ces bateaux seront les présidents, les scientifiques, les poètes, pères et mères de la prochaine Italie.

On pense l'émigration au masculin, mais il n'en a pas été ainsi. Des femmes, des filles de la campagne quittaient les villages pour aller se placer dans les villes, logées, nourries et salaire minimal. C'étaient des domestiques, elles étaient analphabètes. Dans aucune maison on ne se souciait de corriger par un peu d'instruction leur infériorité, considérée comme naturelle.

Je connais l'histoire de l'une d'elles, du nom de Giuseppina. Elle venait d'un village vidé par les émigrations. Elle a été au service de mes cousins de Naples pendant soixante ans. Elle ne savait pas dire qu'elle était analphabète, mot à la portée de vocabulaire de ceux qui ne le sont pas. Elle s'excusait en disant : « Moi, je suis sans école. »

Ainsi est-elle restée, sans école et hôte dans la maison des autres, dans une chambre de bonne et dans une langue d'autres personnes. Là, on parlait un italien sans accent régional.

Dans les années cinquante, Giuseppina accompagnait mes quatre cousins dans un village du Sud-Tyrol. Ils y restaient plusieurs semaines, servis par elle dans une maison qu'ils louaient. Moi aussi, on m'a envoyé quelquefois rejoindre mes cousins, ce qui représentait une charge supplémentaire pour elle.

Elle me traitait avec la même affection. J'étais le plus calme de la bande, je lui obéissais volontiers, alors qu'avec les autres adultes j'étais docile par discipline. J'essayais de lui poser des questions, quand je restais seul dans la maison en bois qui grinçait sous nos pas et ceux de fantômes inconnus. Sa réponse était toujours la même : « C'est la vie. » J'aimais entendre prononcer le mot par elle.

Les touristes italiens étaient rares dans ce village et nous étions les seuls Napolitains. À l'époque, Giuseppina était fiancée à un ouvrier du Sud, lui aussi analphabète. L'histoire n'eut ni suite ni fin. Ils s'échangeaient des lettres de loin. Les analphabètes se les faisaient écrire par quelqu'un d'instruit. À Naples, dans les années cinquante, on avait recours à l'écrivain public qui, par tous les temps et en toutes saisons, installait sa petite table et deux chaises, une pour lui et une pour le client, avec une plume, du papier et un encrier. Une lettre coûtait l'équivalent d'une pizza. C'est un métier qui a forcément disparu avec l'instruction de masse et la télé, où un bon enseignant animait une émission pour apprendre à lire, écrire et calculer. *Il n'est jamais trop tard* était le titre du vaillant programme qui transforma le niveau d'instruction de la majorité des Italiens. Giuseppina ne pouvait pas le suivre.

Dans le village tyrolien, de langue ladine et allemande, elle avait trouvé un jeune instituteur, parlant aussi l'italien, qui lui proposait gratuitement, par bon cœur, de lui écrire ses lettres. Les Italiens n'étaient pas bien vus, cette région souhaitait se détacher de l'Italie. Les casernes et les lieux publics étaient les cibles d'attentats. Mais quand il s'agit de s'aider entre pauvres, les grandes raisons du monde perdent de l'importance et c'est l'échange d'un sourire qui compte. Giuseppina avait une belle bouche, éclairant souvent la blancheur de ses dents sous le foulard qui protégeait la nudité de ses cheveux. Elle déridait les villageois qui souriaient peu.

L'après-midi, une fois son travail terminé, Giuseppina frappait à la porte voisine de l'instituteur et lui disait ce qu'elle voulait raconter à son fiancé : recommandations, saluts, messages, qu'elle appelait en napolitain *ambasciate*, « ambassades ». Les communications sont simples en napolitain. *Gliela avete fatta l'ambasciata ?* « Vous lui avez envoyé le message ? » : l'instituteur ne comprenait pas, mais il se gardait bien de corriger. Giuseppina lui proposait de repasser ses vêtements, il remerciait sans accepter. Elle lui apportait une belle part d'omelette de macaronis qu'elle préparait généreusement pour nous. Et elle était appréciée, car il n'en avait jamais goûté. Et quand Giuseppina recevait une lettre de Naples, elle allait chez l'instituteur et le priait de la lui lire. Pourtant, Giuseppina avait honte de partager avec lui le moment privé de la lettre. Une lettre : le blanc sur l'enveloppe timbrée l'excitait déjà. C'était un événement de recevoir une lettre pour nous du siècle des émigrations. Elle était porteuse d'émotions, de voix, de nouvelles de la maison. Alors on s'isolait, dans n'importe quel endroit, même sur un banc, pour être seuls avec la lettre, l'ouvrir doucement afin de ne pas l'abîmer, inventer un silence tout autour et parcourir les lignes. D'abord la date, elle a été écrite tel jour et elle a mis tant de jours pour voyager. Cette intimité n'était pas permise à Giuseppina, elle devait frapper à la porte d'une personne instruite et se fier à sa discrétion. La lettre écrite pour elle devait être lue par un étranger, une personne comme il faut, mais avec la mélodie tyrolienne.

Alors Giuseppina avait trouvé une solution pour protéger son écoute de la lettre. Armée

de courage, elle s'était rendue chez l'instituteur avec la première enveloppe reçue de
Naples, son foulard sur les cheveux et cette
petite requête en plus : s'il vous plaît, pourriez-
vous lire la lettre en vous bouchant les oreilles.
Le son de ces mots resterait au moins à elle.
Pour un analphabète, l'écriture est comme
pour moi le papier d'une partition, seul
compte le son qu'elle fait. Et ce jeune instituteur, doux et imperturbable, avait acquiescé
sans objection. Il avait mis ses lunettes, avait
ouvert délicatement l'enveloppe, avait bien
déplié la lettre devant lui pour ne plus avoir à
se servir de ses mains avec lesquelles il s'était
bouché les oreilles, et il s'était mis à lire.

À distance de plus d'un demi-siècle, j'arrive
à les voir tous les deux dans cette petite pièce.
Giuseppina s'essuie les yeux tandis qu'elle
écoute derrière son dos les mots de son fiancé
passés à travers deux personnes et deux trans-
formations, tandis que l'instituteur scande
avec application les syllabes italiennes. J'arrive
à les voir tous les deux parce que j'appartiens
à ce siècle numéro 1 des émigrations et que je
vois deux personnes en train de préserver une
intimité par un drôle de stratagème qui pourtant contient intégralement le don de la fra-
ternité. Avec la liberté et l'égalité, elle fait

partie d'une trinité laïque et terrestre sur laquelle se fonde une communauté et sans laquelle elle se défait.

Il y a quelque temps, on a fêté les quatre-vingt-dix ans de Giuseppina. Je me suis rendu à cette réunion dans la maison d'un de mes cousins avec une pièce en or à lui offrir. Elle m'a remercié, puis elle m'a dit : « Ça t'embête si je la donne à Pierolino ? » Piero, le fils de mon cousin, est son préféré. Ça m'a embêté ? Non. Mais son geste spontané de ne pas posséder m'a ramené au temps de mes années d'ouvrier où je ne possédais rien et où rien ne me manquait. Ce fut un coup de fouet de la mémoire. J'ai aussitôt eu envie d'écouter la réponse de Giuseppina, bonne en toutes circonstances.

« Alors, Giuseppi', comment vas-tu ? — Eh, je vais bien, avec des petits problèmes de santé. C'est la vie. » Tout à fait ça, c'est la sainte vie que tu t'es créée et je ne connais personne d'autre capable de bien dire ces trois syllabes : « C'est la vie. »

À un des petits-fils qui la félicitait pour ses quatre-vingt-dix ans, elle a demandé par curiosité : « Alors, l'année prochaine j'aurai cent ans ? » Elle a reçu un éclat de rire en échange. Elle a ri elle aussi, sans comprendre, indemne de la moquerie. Je n'ai pas eu le temps de lui dire : « Oui, Giuseppi', l'année prochaine tu auras cent ans, honoris causa. »

J'écris ici une histoire qu'elle ne lira pas.

1

Partage des tâches

Dans nos grammaires, le masculin se distingue du féminin par la lettre finale des noms, des adjectifs et par des pronoms différents. Dans l'hébreu des Écritures saintes, la division passe aussi par les verbes. Des formes spéciales séparent les deux sexes, et le lecteur qui lit les commandements du Sinaï est surpris de constater qu'ils s'adressent à un tu masculin. Dans les traductions, nous lisons par exemple : « Tu ne tueras pas », *Lo tirtzaḥ*. Ce tu est adressé au masculin, le féminin aurait été *Lo tirtzaḥì*. Ce qui ne veut pas dire que les femmes sont exemptées des commandements, mais que la divinité choisit le masculin pour transmettre les articles de sa Loi et de son alliance avec Israël.

Il existe un partage des tâches entre homme et femme, plus flou aujourd'hui, mais rigoureux alors. La femme est chargée de s'occuper de la reproduction de la vie et à l'homme revient la tâche seconde de transmettre la Loi, l'histoire, l'alliance, à graver dans sa chair par l'entaille du prépuce.

Mâle se dit *zakhàr* en hébreu, qui vient du verbe rappeler. C'est en cela que consiste le masculin, recevoir et transmettre à la génération suivante le bagage sacré.

Femelle se dit *nekevà* en hébreu, du verbe graver. Femelle est incision, fissure, d'où sort la vie. C'est à elle que revient la charge de la nativité. Le nom du premier fils de l'histoire sainte, Caïn, est donné par sa mère. Adàm, qui a pourtant mis un nom sur toutes les créatures du jardin, ne peut en donner un à son fils. C'est une prérogative d'Ève/Ḥavvà.

Les lettres hébraïques sont du genre féminin. Le corps écrit de la Thora, confié à l'arbre de transmission masculin, est composé de cellules féminines, c'est pourquoi il est vivant et produit de nouvelles pousses à chaque lecture, dans chaque génération. Même l'Écriture sainte, le domaine le plus strictement masculin, est constituée de vie féminine grâce aux lettres.

Quand j'étais jeune, j'ai noté sur mon cahier une phrase de von Hofmannsthal, extraite de son *Livre des amis* : « La profondeur doit être cachée. Où ? En surface. » Je l'ai notée parce qu'elle me semblait juste, sans savoir de quelle manière. À présent, je le sais : dans l'Écriture sainte la profondeur se trouve à la surface des lettres/cellules féminines. L'hébreu est profond au premier regard.

2

Les saintes du scandale

La première se vêtit en prostituée pour s'offrir à l'homme désiré.

La deuxième était prostituée de profession et trahit son peuple.

La troisième se glissa la nuit sous les couvertures d'un riche veuf et se fit épouser.

La quatrième fut adultère, elle trahit son mari qui fit tuer son amant.

La dernière tomba enceinte avant ses noces et l'enfant n'était pas de son époux.

C'est par ces cinq femmes que passe l'histoire la plus ambitieuse du monde, celle du monothéisme et du messie/mashìaḥ, littéralement oint d'huile sainte. Je préfère trempé et ruisselant, car on versait sur la tête l'huile sainte dont on avait rempli une corne vide et le liquide coulait des cheveux tout mouillés jusqu'à terre. Ce n'était pas un onguent de surface, mais un imprégnant.

Le Nouveau Testament commence par une liste de noms de générations, d'Abraham à Ieshu/Jésus. Le christianisme écrit, selon Matthieu, fait le lien entre la nouvelle annonce et l'ancienne, inscrivant Ieshu/Jésus dans l'axe héréditaire des patriarches et dans la descendance de David, souche de messie. Il n'existe pas une divinité de l'Ancien Testament et une du Nouveau, le protagoniste n'a pas une double personnalité et le livre appelé Bible n'est pas bithéiste.

Matthieu commence sa liste par Abraham, pas avant. Abraham est le premier circoncis. Il accomplit cet acte en signe d'alliance avec la divinité. Matthieu le place au début pour souligner le détail physique commun entre lui et Ieshu/Jésus, fils du pacte, circoncis le huitième jour comme tous les mâles hébreux.

Matthieu fait le compte des générations entre Abraham et Ieshu/Jésus : quarante-deux. C'est un nombre intentionnel. L'Évangile de Luc fournit lui aussi une liste de noms, de Jésus jusqu'à Adàm : entre Jésus et Abraham il en

compte plus. Donc, Matthieu veut qu'elles soient quarante-deux, parce que les étapes du voyage d'Israël sur le chemin vers la liberté et la Terre promise, du camp de base de Ramsès jusqu'à la plaine de Jéricho, sont au nombre de quarante-deux. Matthieu nous signifie que Ieshu/Jésus est la Terre promise, une arrivée, du long pèlerinage d'Israël dans l'histoire, sa destination finale. Car tel doit être le messie : une ligne d'arrivée.

Matthieu commence sa page à la manière du Livre de l'Exode/Shmot, qui s'ouvre par la liste des noms des fils d'Israël descendus en Égypte : «Et voici les noms des fils d'Israël qui descendent en Égypte.» Dans un tableau détruit à Dresde sous les bombardements de la Seconde Guerre mondiale, le Caravage peint un Matthieu qui trace en hébreu les mots de son Évangile sous la dictée de l'ange : *Elle hattoledòt*, «Voici les générations».

C'est le début solennel de la chrétienté et le message ne pouvait être plus fort. Comme l'Exode/Shmot est le livre fondateur du peuple d'Israël, l'amorce de la liberté et la remise de la nouvelle Loi, ainsi le christianisme veut-il être une refondation. De là, l'importance stratégique de la liste de noms écrits par Matthieu. Il mérite pour ça le rang de premier évangéliste et de page numéro 1 de la chrétienté.

Matthieu est un personnage cher au Caravage. Il le peint aussi au moment de son appel, assis au milieu de ceux qui perçoivent l'impôt.

Jésus choisissait son personnel dans des professions jamais convoquées jusque-là comme interprètes de paroles sacrées, des pêcheurs par exemple. Du reste, lui-même était charpentier et il est écrit dans le Talmud, le commentaire des Écritures saintes : « Et il n'y a pas de charpentier et il n'y a pas de fils de charpentier qui peut résoudre ceci » (Avodah Zarah, 50b).

Le Matthieu sous la dictée de l'ange fut refusé par les commanditaires : on voyait ses pieds nus et sales au premier plan, et puis ces lettres hébraïques en ouverture de l'Évangile rappelaient avec trop d'insolence qu'il s'agissait d'une histoire hébraïque, écrite par des Juifs. Le christianisme s'était désormais affranchi de cette origine en écrivant sa nouvelle annonce en grec.

Le Caravage peignit donc une deuxième version, Matthieu et l'ange toujours au-dessus de lui, mais avec un seul pied nu visible, de

travers et sans lettres hébraïques : le livre était peint par en dessous et il est impossible de voir ce qu'écrit le saint sous la dictée.

La providence du hasard a décidé que le tableau détruit à Dresde soit le premier, celui de la version refusée.

À plus forte raison et avec plus de valeur, dans la liste d'ouverture de l'Évangile de Matthieu, se détachent cinq noms de femmes, plantés dans une descendance masculine. Que font-ils là, à quoi servent-ils ? Voici leur identité : Tamàr la Cananéenne, Raḥàv de Jéricho, Ruth la Moabite, Bat Sheva / Bethsabée la femme juive qui épouse en premières noces Urie le Hittite, enfin Miriam/Marie mère de Ieshu/ Jésus.

Dans la souche familiale hébraïque la plus précieuse, celle du messie, se trouvent insérées et soulignées des femmes étrangères. Elles appartiennent à des peuples présents sur la Terre promise avant la conquête et jamais déracinés.

La Terre promise n'est pas dégagée et vierge. Ce n'est pas une île déserte, ce n'est pas le monde vide après le déluge. Au contraire, elle grouille de peuples et d'idoles. Et la divinité qui se déclare unique surgit justement au milieu d'eux. Le monothéisme ne trouve pas le sol déblayé. La région de la Méditerranée est la plus polythéiste du monde, elle a donné des autels aux cultes les plus variés et les plus bizarres. Le polythéisme n'a pas de numerus clausus, il est démocratique, les diverses liturgies coexistent sans rivalité. Mais voilà qu'arrive la monarchie exclusive de la divinité seule et unique. Elle s'ouvre une voie au cœur des autels pour les renverser, les déclarer éteints. La Terre promise doit être conquise et libérée des idoles. La marche du monothéisme, à partir de cette entrée-là, anéantira la concurrence.

Voici que, dans la précieuse descendance du messie, sont greffés des femmes et des girons de peuples différents. Avec leurs transfusions de sang mêlé, l'histoire hébraïque éloigne d'elle le sceptre et le spectre de la pureté de sang, du pedigree. Même le messie est métis. C'est une leçon grandiose, peu connue et peu répétée.

Mais l'avancée du monothéisme n'est pas à sens unique. Il fait des pas en arrière : après la conquête de la Terre promise, les Hébreux reviendront souvent aux idoles, adoptant celles des peuples voisins. Dans ces replis sur d'autres cultes, Israël sera faible et finira esclave et soumis à d'autres. Et, chaque fois, se dressera un chef qui le ramènera à son *Eḥàd*, « Un », rétablissant le culte et la force pour se relever. L'histoire d'Israël sera tel un accordéon, elle oscillera entre attachement et abjuration.

Or les femmes étrangères, Tamàr, Raḥàv, Ruth, ont en commun le voyage inverse, elles choisissent d'appartenir à Israël. Elles abandonnent leur religion et leur peuple sans plus changer d'avis. Elles choisissent le Dieu unique monté du désert, elles veulent féconder leur ventre de la semence des porteurs de l'annonce nouvelle et visionnaire : une seule divinité auteur du monde.

3

La beauté

Dans l'histoire sainte, les hommes saisis par la divinité et chargés d'une de ses annonces tentent de s'y soustraire. Moïse essaie de s'y dérober en invoquant son invalidité, il est bègue : « Ô Adonai, je ne suis pas un homme de paroles moi, ni d'hier ni d'avant-hier, ni même depuis que ta parole est à ton serviteur : car moi je suis lourd de bouche et de langue » (Exode/Shmot, 4, 10).

Sa demande d'être réformé est repoussée :
« Qui a mis une bouche à l'Adàm et qui le rendra muet ou sourd ou voyant ou aveugle, si ce n'est moi Yod ? Et maintenant va et moi je serai avec ta bouche et je t'enseignerai ce que tu diras » (Exode/Shmot, 4, 11 et 12).

J'existerai par ta bouche : toute autre objection est superflue, et pourtant Isaïe dit qu'il a des lèvres impures, Jérémie qu'il est trop jeune pour aller parler devant les anciens, Jonas, sans même invoquer une excuse, s'embarque pour la direction opposée à celle de sa mission. Enfin, contraints et convaincus, ils acceptent, car le seul risque salutaire est l'obéissance.

Les femmes, ces femmes, ne chancellent à aucun moment. Aucune d'elles, qui n'ont même pas eu le réconfort d'une prophétie, d'une voix directe, n'hésite. Elles vont contre les règles et sacrifient leur exception. Leur élan est plus solide que celui des prophètes, ce sont les saintes du scandale. Elles n'ont ni pouvoir ni rang, et pourtant elles président au temps.

Elles sont belles, certes, mais grâce à un don soumis à un but à peine deviné. Elles ont le charme exceptionnel de qui porte sa propre beauté avec une modestie de simple pion et non avec une morgue de petite reine de concours. Elles ont un objectif, une mission dans leur cœur, et elles le poursuivent inflexiblement. L'Écriture sainte de l'Ancien et du Nouveau Testament, œuvre masculine, leur rend hommage.

La beauté féminine est un mystère qui tourmente la pensée et les sens. Il est écrit qu'Adàm connut Ève/Ḥavvà. Il parvient à la connaître à travers l'expérience physique du contact et de l'étreinte, elle et sa perfection. La réciprocité n'est pas écrite, elle n'a pas besoin de connaître Adàm. Lui est extrait de la poussière, elle de son flanc. Ici, la nature masculine est faite de matière inerte rachetée par le souffle de la divinité. Ève/Ḥavvà provient d'une fabrication ultérieure, d'une deuxième intervention de la divinité. Elle sort du flanc de l'homme endormi, mais non pas toute faite comme la déesse Athéna de la grosse tête de Zeus. Les choses se passent ainsi en réalité :

« Et construisit Yod Elohìm le flanc qu'il a pris de l'Adàm pour (en faire) une femme » (Bereshìt/Genèse, 2, 22). Construire, verbe de l'œuvre qui intervient pour perfectionner la partie retirée à l'homme, pour produire Ève/Ḥavvà. C'est la construction de la beauté. Ici, l'homme est un produit semi-fini par rapport à la femme, le produit fini de la haute chirurgie de la divinité.

Le verbe *vaìven*, « et il construisit », est un verbe de fabrication et de fils. Il a la même valeur numérique que *ḥàim*, « vie ». La vie de l'Écriture sainte est une œuvre de construction. La détruire est une démolition.

Des femmes stériles comme Sarah et Rachel prêtent leur servante à leur mari en disant : « Je serai construite par elle. » Le verbe *banà*, « construire », donne le mot fils : *ben*.

Avec la fabrication d'Ève/Ḥavvà, la divinité ajoute la beauté au monde. Dans les langues que j'ai fréquentées, moins de dix et donc un échantillon insuffisant, le mot beauté est toujours féminin. Sa supériorité face à l'homme est telle que la divinité impose à la femme d'éprouver de l'attirance pour l'homme :

« Et envers ton homme ta crue » (Bereshìt/ Genèse, 2, 16) : il doit y avoir en elle une crue, un débordement d'eaux qui franchissent les berges, tel est le sens du mot hébraïque *teshukà*, « crue ». Sans cette condamnation à désirer l'homme, le genre humain ne subsisterait pas. Quand Ève/Ḥavvà goûte à la connaissance du bien et du mal, elle en sort grandiose mais lestée du poids d'éprouver de l'attirance pour l'homme. C'est son imperfection.

Les femmes portent la beauté. Chaque génération de femmes s'attache à honorer le don reçu. Le corps féminin se persécute avec acharnement pour en exalter la qualité.

Le masculin qui la lui envie réagit en exagérant sa différence virile ou en s'efforçant au contraire d'être féminin. Devant le féminin, le masculin dérape.

Les civilisations se sont spécialisées dans les minutieux canons de l'attirance jusqu'à des différences monstrueuses. Le petit pied asiatique torturé, l'engraissement ou le contraire, l'amaigrissement décharné : le corps de la femme est sous la presse d'une matrice variable, pour s'adapter à l'icône prescrite. La damnation d'éprouver de l'attirance pour l'homme la soumet au caprice esthétique masculin. Après avoir dit : «Et vers lui ta crue», la divinité ajoute : «et lui gouvernera en toi». Non pas *sur* mais *en* toi : ce sera son critère et son goût qui gouvernera dans la femme, qui pliera sa beauté, la torturera pour lui obéir.

L'histoire de la civilisation peut se réduire à l'histoire de l'asservissement de la beauté féminine.

4

Tamàr

Tamàr, cananéenne, a connu Juda parce qu'il était venu habiter aux environs de chez elle. Le lendemain de la sale histoire de son frère Joseph vendu comme esclave à une caravane dans le désert, Juda, le quatrième fils de Jacob/Israël, quitte la maison. Il se rend en terre de Canaan et épouse une femme de la région, Shùa.

« Et il vint vers elle », dit l'Écriture sainte. De cette venue naissent trois fils, sur plusieurs années, Er, Onàn, Shèla, noms donnés par la mère.

Juda arrange le mariage de Er avec la belle Tamàr, mais Er déplaît à la divinité qui le fait mourir : « Et fut Er, aîné de Juda, impie aux yeux de Yod. Et le fit mourir Yod. » Selon la loi, le deuxième frère doit épouser la veuve pour donner une descendance au défunt. Onàn se

prête de mauvais gré au mariage et le sabote en dispersant sa semence : « Et il gaspilla à terre sans donner semence à son frère. » Coupable également aux yeux de Yod, il meurt lui aussi. Son nom désigne aujourd'hui la pratique du plaisir solitaire masculin : telle n'était pas son intention, il voulait seulement éviter la paternité. Les noms font parfois d'étranges voyages et finissent loin de leur origine. Ainsi en est-il pour le triste complot d'Œdipe. La mort de son père fut accidentelle et le mariage de sa mère une erreur de l'état civil. Mais il est devenu à présent un parricide pour un inceste prémédité. Aujourd'hui, à son insu, c'est un criminel notoire, et non un jouet du sort.

Ce serait au tour de Shèla d'épouser Tamàr, mais Juda craint de voir tomber aussi la troisième quille. Il gagne du temps et dit à Tamàr qu'il le lui donnera plus tard comme époux, car il est encore jeune. Entre-temps, Juda devient veuf. Entre-temps, Tamàr retourne vivre avec les siens. Entre-temps, Shèla grandit et il ne se passe rien. Tamàr veut être mère dans la maison d'Israël. Elle veut appartenir à cette famille qui n'est pas encore un peuple, qui s'est séparée de tous les cultes des divinités locales pour en suivre un spécial bien à elle.

Leur Dieu n'est rien de moins que le roi de l'univers, il s'est adressé et révélé à eux par des discours et des voix. Mais il refuse d'être représenté, réduit dans une forme.

Tamàr veut faire partie de cette religion visionnaire qui ne se prosterne devant aucun fétiche, œuvre de pierre, de bois, de fer. Ça suffit avec les idoles : « Une bouche est à eux et ils ne parleront pas, des yeux à eux et ils ne verront pas. Des oreilles à eux et ils n'écouteront pas, un nez à eux et ils ne sentiront pas. Leurs mains et ils ne toucheront pas, leurs pieds et ils n'iront pas » (Psaume 115, 5-7). Assez de jouets et de statuettes, le nouveau culte est une visée adulte face à tous les autres, contes pour enfants.

Juda et les siens choisissent de servir une divinité qui se manifeste à eux par tous les sens et qui les suit partout. Tamàr veut donner des enfants à ceux qui se déclarent descendants du premier être humain de la terre, créé en même temps que tout l'infini. En elle s'est éveillé l'enthousiasme de croire, sans aucune invitation, seulement par contagion.

C'est pourquoi elle veut forcer la résistance de Juda qui lui refuse son troisième fils, malgré sa promesse. C'est son droit et elle veut le faire valoir. Sa condition est celle de veuve mais qui n'est pas libre, selon la loi elle est encore liée à la famille de son mari.

Apprenant la venue de Juda, elle fait en sorte de se trouver sur son passage, vêtue en prostituée. En ces temps-là, bien opposés aux nôtres, celles qui faisaient ce métier étaient voilées et non pas découvertes. Tamàr n'est pas une experte des codes, mais elle sait qu'elle outrepasse la loi. Juda se laisse tenter mais il n'a avec lui aucune monnaie d'échange, il lui promet un chevreau pour le lendemain, mais ce genre d'amour doit être payé à vue. Tamàr demande en dépôt son sceau, le cordon de son vêtement et son bâton. Il accepte. Le lendemain, il envoie le prix convenu pour récupérer ses gages, mais la prostituée a disparu.

Juda oublie, la nature non, Tamàr est enceinte. La nouvelle est grave, selon cette loi une femme même veuve est liée, elle a donc commis un adultère. Juda, la partie lésée, prononce la peine de mort par le feu. Tamàr se laisse conduire au bûcher, mais auparavant elle envoie ses gages à son beau-père, en lui disant qu'elle est enceinte de leur propriétaire. Elle ne le dénonce pas, ne le couvre pas de honte en public, mais elle lui fait savoir la vérité.

C'est une grande leçon : même devant le bûcher, Tamàr ne dénonce pas l'homme qui l'a mise enceinte. Lui est le chef de ce peuple auquel elle veut appartenir et elle ne compromet pas sa réputation. Elle lui fait dire seulement : *Hakhèr, na*, « reconnais, allons ». C'est elle qui le met à l'épreuve : s'il fait semblant de ne pas reconnaître ses gages pour sauver son honneur, il profanera cette divinité supérieure dont il se déclare le serviteur.

À propos de ce passage difficile, de crête, le Talmud rapporte une conclusion des sages d'Israël : « Plutôt être précipité dans le feu que couvrir de honte son prochain » (Berakhòt, 34b).

« Et reconnut, Juda, et dit : elle a été plus juste que moi pour ça parce que je ne l'ai pas donnée à Shèla mon fils. »

Elle a été plus juste que moi : Juda reconnaît à Tamàr une justice supérieure à la sienne et à la loi. Sa transgression en est une application plus exacte. Le cas unique fait irruption au milieu des codes et doit être interprété avec une sagesse de cœur. Le plus célèbre des sages d'Israël, le roi Salomon, demande à la divinité le don d'un « cœur qui écoute » pour pouvoir

46

juger les affaires de son peuple. Ici, Juda inter-
prète la loi avec un cœur capable d'écoute.

Tamàr est parvenue à son but, être mère en
Israël. Peu lui importe le bonheur conjugal,
l'état civil d'épouse. Elle ne veut pas épouser
Shèla, le troisième fils de Juda, et encore moins
son beau-père à qui elle a extorqué une
étreinte décisive et suffisante. Ce qui compte
pour elle, c'est être mère dans le peuple du
Dieu unique. Ainsi écrit-elle son nom dans le
livre d'Israël. Tamàr a le droit d'être mère en
Israël. C'est elle qui inaugure la brève énumé-
ration des femmes entrées dans la liste du messie, qui enfreignent la loi avec leur corps pour
donner une plus juste et mystérieuse application. Elle donna naissance à deux jumeaux,
Peretz et Zàrah, la somme numérique de leurs
noms est égale à celle de *serefà*, «incendie»,
auquel était destinée leur mère. Ils sont le
contrepoids équivalent de son salut. L'un
d'eux, Peretz, est dans la descendance qui pro-
duira le messie.

5

Raḥàv
du Livre de Josué/Iehoshùa

En quelques lignes et peu de temps se concentrent de grands événements pour la foule d'Israël. Elle vient tout juste d'entrer dans la Terre promise à travers le Jourdain, asséché lui aussi pour laissez-passer. C'est alors qu'a lieu la circoncision en masse de tout le genre masculin né dans le désert et resté avec son prépuce. Au terme de l'opération, ils écoutent le commentaire de la divinité :

«Aujourd'hui j'ai racheté la honte d'Égypte sur vous» (5, 9). Aussitôt après, on célèbre la première Pâque sur le nouveau sol «qui a des menstrues de lait et de miel». La divinité en souligne ainsi la fertilité, puissante et féminine.

Enfin la provision de la manne se termine, elle a duré quarante ans, grandiose fourniture de l'indispensable. À partir de ce moment-là, ils mangeront le produit de la Terre promise, bien que celle-ci appartienne encore à d'autres.

Après ces événements solennels, Josué/ Iehoshùa et les siens se trouvent confrontés à leur première entreprise : la conquête de la ville de Jéricho, bien cuirassée par ses fortifications, qui s'est claquemurée à l'annonce de l'arrivée d'Israël. Avant même de traverser le Jourdain, seuil de Terre promise, le chef a envoyé deux espions en reconnaissance, en les introduisant dans la ville. Les clandestins se sont fait héberger par une prostituée, Raḥàv, comme deux riches voyageurs. Mais la nouvelle de leur arrivée se répand :

« Voilà que des hommes sont venus ici la nuit d'entre les fils d'Israël pour explorer la terre » (2, 2). Le roi de Jéricho fait perquisitionner la maison de Raḥàv : « Fais sortir les hommes qui sont venus dans ta maison, car pour explorer toute la terre ils sont venus » (2, 3).

Raḥàv ne les livre pas, au contraire elle les couvre :

« Oui sont venus vers moi les hommes et je n'ai pas connu d'où ils sont. Et la porte allait se fermer pour la nuit et les hommes sortirent, je n'ai pas connu où sont allés les hommes. Poursuivez-les vite et vous les attraperez » (2, 5).

En fait, elle les avait cachés sur le toit de sa maison, sous des tiges de lin qu'elle avait mis à sécher. Pourquoi ? Encore moins que Tamàr, Raḥàv ne pouvait connaître ce peuple venu des entrailles du désert ni la divinité nomade qui était avec lui. Et pourtant, elle en a entendu parler. La prostitution est un métier de frontière, elle accueille des hommes de passage sans demander de papiers, elle recueille des nouvelles de ceux qui boivent un verre et racontent volontiers. Les prostituées ont des oreilles discrètes, elles savent garder les secrets. Les prostituées sont tout le contraire des commères.

Pourquoi protège-t-elle les espions venus détruire sa ville et son peuple ? Elle le dit elle-même, en s'expliquant ainsi auprès des deux hommes :

« J'ai connu qu'a donné Yod à vous la terre. Et qu'est tombée la terreur de vous sur nous et que se sont effondrés tous les habitants de la terre devant vos visages.

« Car nous avons entendu qu'a fait sécher Yod les eaux de la Mer de Jonc devant vos visages lors de votre sortie de l'Égypte. Et ce que vous avez fait aux deux rois de l'Amorrhée qui sont au-delà du Jourdain, à Siḥòn et à Og, que vous les avez détruits.

« Et nous avons entendu et a fondu notre cœur et n'est plus monté un vent dans un homme devant vos visages. Car Yod votre Elohìm lui est Elohìm dans les cieux d'en haut et sur la terre d'en bas. Et maintenant jurez-moi donc par Yod, que j'ai fait envers vous acte de miséricorde. Et vous ferez vous aussi envers la maison de mon père acte de miséricorde et vous me donnerez un signe de vérité. Et vous ferez vivre mon père et ma mère et mes frères et mes sœurs et tout ce qui est à eux. Et vous volerez nos souffles à la mort » (2, 9-13).

Discours grandiose qui mérite quelque précision. Il commence par : « J'ai connu », le juste contraire des deux « je n'ai pas connu » dits aux gardes. Elle a connu des choses impressionnantes. Elle prononce quatre fois le nom précieux de la divinité d'Israël, car elle s'est mise sous sa protection. Elle fait ici un acte de credo encore plus profond que celui de Tamàr, car il passe par la trahison de son propre peuple, mais elle sauve ceux de son sang. Elle fait jurer ses deux hôtes au nom de cette divinité, à laquelle elle se confie aussi dans sa demande de serment. Enfin, elle utilise le verbe voler car, dans la ruine, le salut est un coup d'adresse, un vol au char de la mort. Ainsi agit la divinité, elle sauve par un vol à l'arraché une poignée de rescapés, dont chacun est « comme un tison volé à l'incendie » (Amos, 4, 11).

« Et elle les fit descendre avec une corde par la fenêtre : car sa maison est dans la paroi de la muraille et dans la muraille elle habite » (2, 15). Mais, auparavant, ils lui remettent un cordon de fil rouge à nouer à la fenêtre de leur salut : ce sera le signe de leur sécurité le jour de la destruction.

Les espions achèvent leur mission, ils traversent le Jourdain et rejoignent Israël qui campait dans la plaine de Moab, localité Shittìm, acacias, dernière station avant l'arrivée.

Ce qui compte pour Josué/Iehoshùa c'est l'état des défenses intérieures, le moral de Jéricho, sa volonté de résistance, plus que le plan des fortifications. Au terme de l'aventureux récit des espions, hospitalité de Raḥàv comprise, le chef écoute la principale information : « et se sont effondrés aussi tous les habitants de la terre devant nos visages » (2, 24).

Raḥàv et toute sa famille entassée dans la seule demeure laissée intacte changent pour toujours de résidence. Les deux espions se chargent de mettre en lieu sûr leurs vies et leurs biens.

« Et ils les firent camper en dehors du campement d'Israël » (6, 23).

Ils ont le libre choix d'appartenir ou non. Un peu plus loin, on lit :

« Et elle habita au sein d'Israël » (6, 25), elle seule, elle oui.

Une tradition avérée par les sages Hébreux veut que Raḥàv devienne l'épouse de Josué/ Iehoshùa : impossible d'être davantage au sein d'Israël. Le plus grand chef militaire d'Israël, guide du peuple et receveur des dépêches de la divinité, épouse une prostituée étrangère. L'histoire sainte a beaucoup moins de préjugés que notre histoire profane.

6

Ruth

Ruth est de la nation de Moab, à l'est du Jourdain. Une famille hébraïque émigre sur sa terre en quête d'asile, fuyant la famine. Ils viennent de Bet Lèḥem, sur le territoire de Juda, le chef de famille se nomme Elimélekh, sa femme Naomi et ses deux fils Maḥlòn et Chiliòn. C'est l'époque de la conquête de la terre d'Israël, promise au lait et au miel, mais prête à devenir sèche et stérile. C'est pourquoi Elimélekh émigre. Il est le premier Juif de la diaspora, le premier à quitter la terre devenue Israël.

Il n'y a pas de famine dans les plaines de Moab, mais déserter la patrie assignée par la divinité est un acte grave. Elimélekh meurt en émigrant. Sa mort n'est pas interprétée comme un signe, sa famille vit toujours à l'étranger, ses fils épousent deux filles de la région. Alors, le deuil redouble, ses deux fils meurent, restent les trois femmes, Naomi et ses deux belles-filles. Naomi comprend maintenant et elle veut retourner en Israël qui est redevenue prospère entre-temps. Elle renvoie ses deux brus dans leur famille, et elle, ne possédant rien, retombe dans la pauvreté. Mais l'une des deux, Ruth, n'a pas l'intention d'être renvoyée à son origine. Elle a connu l'annonce d'Israël, elle veut continuer à appartenir à la divinité et au peuple qu'elle a choisis.

Naomi insiste, une belle-fille rentre chez elle, mais Ruth ne cède pas.

« Et Ruth s'attacha en elle » (1, 14).

C'est un verbe fort, adhésif, s'attacher en, construction employée en relation avec la divinité :

« Pour aimer Yod ton Elohìm, écouter dans sa voix et t'attacher en lui » (Deutéronome/ Devarìm, 30, 20).

Ruth fait un acte de foi avec Naomi et dit :

« Où tu iras j'irai et où tu dormiras je dormirai, ton peuple est mon peuple et ton Elohìm mon Elohìm » (1, 16).

Son choix d'appartenance va jusqu'à dire :

« Là où tu mourras je mourrai et là je serai enterrée. Ainsi fera Yod à moi et ainsi qu'il fasse plus, car la mort fera division entre moi et toi » (1, 17).

Ruth choisit la voie de retour de Naomi, une aventure de pauvreté. Le texte dit :

« Et revint Naomi et Ruth la Moabite sa belle-fille avec elle qui revient des champs de Moab » (1, 22). L'attachement de Ruth lui donne droit au verbe revenir : même si elle n'a jamais été en Israël, sa venue a la force et le droit d'un retour. Son attachement lui donne le crédit de l'appartenance.

Elles arrivent à Bet Lèhem au printemps et au début de la saison de la récolte. Ruth va glaner la partie destinée aux pauvres. Une règle magnifique en Israël : les moissonneurs passent une seule fois sur le champ, ce qui est resté derrière eux revient au peuple. Et plus encore : un dixième de la surface doit être laissé aux nécessiteux. La propriété était privée, mais avec un égoïsme de possession modéré, car la Terre sainte appartenait à la divinité : « Car mienne est la terre : car étrangers et locataires vous chez moi » (Lévitique/Vaikrà, 25, 23).

La propriété privée en terre d'Israël était une concession.

Ruth, belle et modeste, va dans les champs

de Bet Lèḥem ramasser les restes sans se faire remarquer. Le destin veut qu'elle arrive sur les terres d'un parent de Naomi, un riche et vieux propriétaire du nom de Boàz. On lui signale la présence de Ruth et il apprend qu'elle est le seul soutien de Naomi. Il ordonne aux siens de ne pas l'importuner, de lui faciliter la tâche au contraire. Ruth le remercie :

« Pourquoi ai-je trouvé grâce à tes yeux pour que tu me reconnaisses, et moi je suis étrangère ? » (2, 10).

Boàz est digne de rester dans les mémoires pour sa réponse :

« Il m'a été raconté tout ce que tu as fait avec ta belle-mère après la mort de ton homme. Et tu as laissé ton père et ta mère et la terre de ta naissance et tu es allée vers un peuple que tu ne connaissais pas avant. Récompensera Yod ton œuvre. Et tout ton salaire sera par Yod Elohìm d'Israël car tu es venue t'abriter sous ses ailes » (2, 11-12).

Quitter sa terre, sa famille et la maison de son père, c'est ce que la divinité demande à Abraham : Boàz rappelle ici la force et la foi qui furent nécessaires à Abraham pour obéir à la voix qui le déracinait. Ruth l'a fait toute seule, un risque de foi qui trouvera sa récompense.

La saison des récoltes se termine et la belle-mère de Ruth la pudique la pousse dans une aventure nocturne. C'est la dernière occasion avant le repos hivernal. Cette bonne année a rempli de joie le cœur des hommes. Voici ce qu'il faut que Ruth entende et fasse ensuite :

« Et à présent, n'est-ce pas chez Boàz notre parent que tu as été avec ses jeunes servantes ? Voici qu'il répand l'orge sur l'aire cette nuit. Et tu te laveras et tu te parfumeras et tu mettras ton manteau sur toi et tu descendras vers l'aire : tu ne te feras pas reconnaître par l'homme jusqu'à ce qu'il ait fini de manger et de boire. Et il ira se coucher et tu connaîtras l'endroit où il dort et tu t'y rendras et tu découvriras le côté de ses jambes et tu te coucheras. Et lui te dira ce que tu feras » (3, 2-4).

Naomi pousse Ruth sous la couverture de Boàz, étendue sous les étoiles par une nuit d'été. Elle l'envoie bouleverser toutes les lois, elle l'envoie séduire.

« Tout ce que tu diras je ferai » (3,5). Je ferai, en hébreu *eesè*, a la même valeur numérique que *shalòm*, « paix ». Son action est ici œuvre de paix, non d'effraction.

Au milieu de la nuit, Boàz se réveille et sursaute en voyant le corps allongé près de lui.

« Qui es-tu ? » Et elle dit : « Moi je suis Ruth ta servante et tu déploieras ton aile sur ta servante car tu es un racheteur » (3, 9).

Goèl, « racheteur », est un terme légal qui désigne le plus proche dans la parenté auquel revient le droit de racheter les biens d'un membre de la famille tombé dans la misère. Il lui revient aussi d'épouser la veuve d'un parent resté sans descendance.

Ruth lui dit *goèl* et peut-être sait-elle que sa valeur numérique est égale à « mien », car elle lui a dit aussi : « Parce que mien tu es. »

Boàz, vieil homme capable d'avoir encore un élan d'amour, est ému et il l'appelle *Berukhà,* « bénie », et puis il dit les mêmes mots que ceux de Ruth à Naomi :

« Tout ce que tu diras je ferai » (3, 11). Et il la renvoie avant le lever du jour, puis le matin il s'occupe des formalités légales et l'épouse. Ruth tombe aussitôt enceinte, son ventre attendait de s'ouvrir en terre d'Israël. Elle donne naissance à un fils, Oved, qui sera le grand-père de David.

À la fin d'une magnifique histoire à l'air libre, Ruth, la courageuse d'une nuit d'été, s'est installée à la bonne case.

7

Bat Sheva / Bethsabée

C'est l'histoire la plus difficile à digérer et à comprendre. Il s'agit ici d'un adultère et de l'assassinat d'un mari trahi, puis envoyé à la mort. L'auteur des crimes n'est autre que David, le souverain le plus héroïque d'Israël, homme de nombreuses guerres, mais aussi de musiques, chants et poèmes nouveaux enregistrés dans le livre dit des Psaumes.

Alors qu'il se promène sur le toit de son palais à Jérusalem, il aperçoit une très belle femme aux lavoirs. Il s'informe, apprend qu'elle s'appelle Bat Sheva / Bethsabée, femme d'Urie, guerrier hittite au service de David. Urie est loin, il combat avec les troupes contre le peuple dit des fils d'Ammòn. Et c'est le valeureux général Ioàv qui commande l'armée d'Israël.

David est pris d'un violent emportement des

sens qu'il n'a jamais éprouvé jusque-là et qu'il ne connaîtra jamais plus avec une telle puissance. Il n'est pas capable de résister à cette attirance et perd toute prudence :

« Et il envoya des messagers et il la prit et elle vint vers lui et elle coucha avec lui et elle est en train de se purifier de son impureté (menstruelle) » (II Samuel, 11, 4).

Il envoie des messagers, une convocation officielle et pas un serviteur en cachette, habile à se taire et à ne rien voir. Les verbes des deux amants sont pressants, il la prend et elle consent, elle va vers lui, ils vont ensemble au lit, malgré ses menstruations qui rendent la femme intouchable pendant des jours selon la loi. Mais dans cette passion réciproque tous les droits sont outrepassés et la seule obéissance est celle de l'attirance.

Après l'accouplement, la femme rentre chez elle et apprend bientôt à David qu'elle est enceinte. La méthode de contraception fondée sur l'infertilité pendant certains jours du cycle a échoué une fois de plus. Le roi cherche une solution, il rappelle Urie du front sous prétexte de s'informer sur l'état de la guerre. Il veut qu'il profite de sa permission, qu'il aille chez lui et assume par sa présence la grossesse de sa femme. Mais Urie est soupçonneux comme tous les maris de femmes très belles et il ne se rend pas chez lui, il n'y passe même pas. Il va dormir au contraire avec les soldats de garde devant le palais du roi. David lui demande pourquoi il n'est pas allé se reposer chez lui et il reçoit cette réponse :

« L'arche (de l'alliance) et Israël et Juda vivent dans des huttes et mon seigneur Ioàv et les serviteurs de mon seigneur campent sur les visages des champs, et moi j'irai vers ma maison pour manger et boire et coucher avec ma femme ? Par ta vie et la vie de ton souffle qu'il ne soit pas dit que je le fasse » (II Samuel, 11, 11).

Quelle claque verbale David reçoit d'Urie. Non seulement ce dernier a refusé la table dressée que le roi avait envoyée chez lui directement de la sienne, mais il a désobéi à un ordre :

« Descends dans ta maison et lave tes pieds » (2, 8). Et puis, il y a ce rapprochement entre « ma femme » et aussitôt après « ta vie ».

Le stratagème est grillé, et de surcroît la réponse d'Urie est une leçon insolente. Il évoque l'arche de l'alliance, les soldats qui campent en plein air, alors que le roi reste dans son palais. David encaisse mal le coup, il est habitué à donner des leçons, certes pas à en recevoir. Il veut faire plier Urie et l'invite à sa table, à manger et à boire jusqu'à l'enivrer : «et il mangea devant lui et but et l'enivra» (11, 13). Mais en vain, même titubant, Urie va dormir de nouveau avec les gardes devant le palais.

David a recours au pire des remèdes. Il confie à Urie un message cacheté pour Ioàv, le général, dans lequel il est écrit :

« Placez Urie à l'avant des visages de la bataille la plus dure et retirez-vous derrière lui et il sera frappé et il mourra» (11, 15).

Faire d'Urie le messager de sa propre condamnation à mort aggrave l'infamie. Ioàv est un soldat obéissant, il exécute l'ordre, expose Urie, le laisse seul et celui-ci meurt au combat. Pour mieux couvrir le crime, Ioàv fait en sorte que d'autres soldats d'Israël tombent aussi dans la mêlée lors d'une manœuvre militaire ratée. Puis, il envoie dire au roi :

«Même ton serviteur Urie le Hittite est mort» (11, 21).

Le couple d'amants a ajouté l'assassinat à l'adultère. Aux yeux de tous, il est bien évident que Bat Sheva / Bethsabée n'est pas enceinte d'Urie. Et, après le temps du deuil, elle s'installe dans le palais de David. Leur attirance mutuelle a balayé prudence et discrétion. Il y a des témoins parmi les messagers, il y a l'écrit laissé aux mains de Ioàv : David a perdu la raison et le sens de la mesure pour Bat Sheva / Bethsabée.

La divinité lui fait dire par l'intermédiaire du prophète Natàn que bientôt un usurpateur le chassera de sa maison et prendra ses femmes devant tout le monde :

« Tu as agi dans le secret : et moi je ferai la chose, celle-ci, face à tout Israël et face au soleil » (12, 12). Et, qui plus est, le fruit de cet accouplement meurtrier devra mourir.

Dans un psaume agité par de nombreux verbes à l'impératif, David demande dans un cri :

« Arrache-moi des sangs » (Psaume 51, 16).

Des sangs d'Urie et de ceux de Bat Sheva / Bethsabée, prise pendant ses menstruations : que lui soient arrachées ces fautes ardentes. Ces sangs se sont incrustés sur lui comme une gale.

Berger de troupeaux, guerrier et bandit, roi et assassin, musicien et amant déchaîné, une énergie qui fabrique et détruit se concentre en David. La divinité le choisit tout petit, dernier de ses frères, elle le protège, le chasse, le réhabilite, bref elle se mesure avec la grandeur

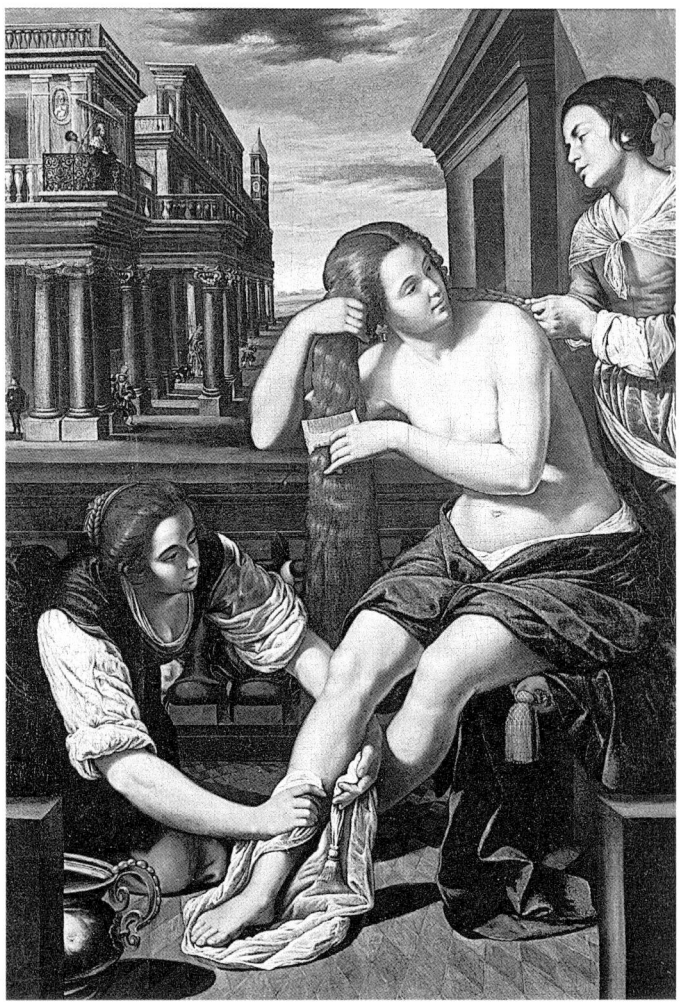

et la bassesse de son préféré, au-delà de toute limite de patience.

Mais que vient faire Bat Sheva / Bethsabée parmi les femmes qui forcèrent la loi au nom d'un droit supérieur ? Elle est porteuse d'une passion physique débordante que même le Chant des chants n'atteint pas. Elle est sous la force de la *teshukà*, la crue de l'attirance, infligée comme un fardeau par la divinité à Ève, la première des femmes.

Après la mort de son fils, David la cherche encore :

« Et il alla vers elle et coucha avec elle. Et elle accoucha d'un fils et il appela son nom Shlomò (Salomon) et Yod l'aima » (12, 24).

Les verbes sont au masculin, David va vers elle, couche avec elle et donne un nom à son fils, en lui retirant cette prérogative. Après la mort de son mari et de son fils, Bat Sheva / Bethsabée est éteinte, David s'unit à elle non plus poussé par la passion mais par compassion :

« Et eut compassion David de Bat Sheva / Bethsabée sa femme » (12, 24).

Le fils ainsi conçu est cher à la divinité. Son nom Shlomò, de *shalòm*, est le souhait que son fils ne connaisse pas les tempêtes qui l'ont précédé.

« Et Yod l'aima », David le sait aussitôt, la divinité envoie le prophète Natàn pour lui dire que cet enfant a un deuxième nom, Iedidià, benjamin de Yod. C'est un sceau secret, il n'apparaîtra pas ailleurs dans la vie de Shlomò.

Ainsi, toute cette atroce histoire devait aboutir au plus rare des rois d'Israël, qui prospéra sans collectionner les guerres et qui fut digne d'édifier le temple de Jérusalem. Shlomò, Salomon, sort d'entrailles tourmentées par la faute et il rachète le crime d'origine par sa vie aimée de la divinité. C'est le fruit qui protège l'arbre, dit une phrase du Talmud, c'est le fils qui justifie l'amour des deux amants. L'histoire de l'Écriture sainte s'accomplit au milieu du sang et de la misère et non dans la paix d'un couvent. Elle progresse entre scories et purifications, entre chutes et renaissances. Reconnaître un fil de providence ici est moins raisonnable qu'ailleurs, et pourtant il doit y être et le croyant, pas moi, est appelé ici à prononcer un autre de ses douloureux amen.

La naissance de Shlomò, Salomon, peut-elle servir de contrepoids aux crimes ? Il y a un rachat dans la vie qui continue, se renouvelle, il y a une justification dans la passion effrénée qui est passée par-dessus toutes les lois pour satisfaire une étreinte. Que se perde donc le fil de la raison, si au bout de cette mêlée d'événements sanglants il est écrit : « Et Yod l'aima », un des rares cas où le sujet précède le verbe. Cet amour, la plus forte énergie de la nature humaine, remet les fautes et fait monter sur le trône le plus parfait des rois de l'histoire d'Israël.

Bienvenue dans cette liste Bat Sheva / Bethsabée.

8

Miriam/Marie

« Habitue-toi, fils, au désert » : le poète russe Joseph Brodsky met cette phrase dans la bouche de Miriam. Elle, fille de Galilée, se trouve brusquement en plein désert. Sa grossesse irrégulière, enceinte avant le mariage et pas de son fiancé, la met au ban de la communauté. Sans l'amour dévorant de Iosèf/Joseph, qui la croit et l'épouse quand même, elle serait coupable d'adultère et condamnée à mort. C'est ce qui se passe encore aujourd'hui.

Un poète allemand, Rilke, imagine la rencontre de Miriam avec l'ange de l'Annonciation. Il lui dit : « Je suis la fleur, mais toi, tu es la plante. » Iosèf/Joseph est beaucoup plus que cette floraison, il est la terre qui enlace les racines de la plante, les serre fort et empêche la loi de les arracher. Iosèf/Joseph est une terre qui protège et nourrit la plante Miriam et lui permet de grandir et de porter son fruit. Son nom vient de l'hébreu *iasàf,* qui vient du verbe ajouter. Littéralement, c'est «celui qui ajoute».

Quoi? Sa foi: il croit à la version invraisemblable de cette grossesse. La vérité est souvent invraisemblable et a besoin d'enthousiasme pour être dite et crue. Iosèf croit Miriam par amour et en amour croire n'est pas céder, mais ajouter des poignées d'ardente confiance. Iosèf ajoute ensuite ses noces avec Miriam, en la sauvant des pierres de la loi. Il s'ajoute comme second père de ce fils, en lui enseignant son métier, en l'inscrivant sous son nom dans la descendance de David. Iosèf: les Évangiles ne disent pas qu'il est vieux. Son élan amoureux montre qu'il est jeune et amoureux sans réserve de sa Miriam.

L'amour de son second époux, l'époux terrestre, la sauve et permet à cette histoire de s'accomplir, mais autour d'elle s'est élevé le désert. C'est pourquoi partir l'hiver enceinte du neuvième mois ne lui pèse pas, pas plus qu'accoucher dans une cabane sans aucune aide, à la lumière d'une étoile errante et solitaire comme elle dans l'espace. «Habitue-toi, fils, au désert», le poète russe perçoit chez elle une solitude à enseigner à son fils.

Moi aussi, j'ai cherché à deviner les mots de Miriam/Marie dans certaines pages. Je poursuis ici mon écoute.

9

Jours de vent
dialogue entre Miriam et sa mère

— Miriam, il arrive qu'on soit enceinte sans s'en apercevoir. Nous, femmes d'Israël, nous sommes plus fertiles que notre terre. Nous avons sur la peau le pollen des fleurs. Quand je me suis trouvée enceinte de toi, je n'y pensais plus. J'étais déjà âgée. Ce fut un jour de vent, celui du sud sec et violent, le *kadîm*, qui monte du désert et oblige à rester enfermé chez soi. Ainsi, ton père n'était pas allé travailler et il s'est approché de moi en plein jour. C'était la première fois que nous nous étreignions sans l'obscurité. Je ne te l'ai pas raconté ? C'est ainsi qu'a commencé ta vie en moi. Le *kadîm* soufflait dehors et la pièce était inondée de lumière.

« Nous, femmes d'Israël, nous sommes ainsi, ou bien nous pondons des portées d'enfants ou bien nous avons des grossesses rares et

aventureuses. La tienne est la plus spéciale. Tu ne te rappelles aucun détail de la rencontre ?

— Pour moi aussi, il s'est agi d'un jour de vent, mais il venait du nord. Il agitait la natte de ma chambre qui donne sur la colline. Le messager est entré par là. C'était la fin de l'hiver, un des derniers jours de froid. J'avais sur moi tous les vêtements possibles, même mon manteau en laine qui me sert de couverture la nuit.

— Mais ce messager : comment était-il ? Quel âge pouvait-il avoir ? As-tu vu la couleur de ses yeux, de ses cheveux ?

— Non, mère, j'ai regardé aussitôt à terre, comme on doit le faire devant les hommes. Et puis le vent et une poussière claire étaient entrés dans la pièce. J'ai couvert mes yeux de ma main. J'ai seulement écouté les paroles étranges que je n'ai déjà que trop répétées : « *Shalòm Miriam* », et tout le reste.

— Mais tu n'as vraiment pas eu la curiosité de le regarder en face ? Pas même en écartant les doigts qui cachaient tes yeux ? Si une fille veut voir un homme, elle couvre ses yeux de sa main, et puis entre les fentes de ses doigts elle peut donner un rapide coup d'œil. Les filles font ça depuis toujours, ne fais pas cette tête étonnée. Elles sauvent les apparences et satisfont leur curiosité. Alors ? Pas même un tout petit coup d'œil ?

— Je vous assure que non. Je serais devenue rouge comme une feuille de vigne sèche. Je ne sais pas simuler, mère. Je suis restée les yeux fermés derrière ma main. J'étais saisie par une odeur : un mélange de cannelle et de pain encore dans le four. Elle ne venait pas de la poussière, car je l'ai balayée ensuite et elle ne sentait rien. Elle venait du messager. Elle était agréable, elle me plaisait. Je l'ai respirée et j'ai ressenti un calme parfait. Et je n'avais plus froid non plus : cette odeur a mis une chaleur au centre de mon corps, comme lorsque je tiens une châtaigne grillée dans mes mains. La chaleur est entrée par mon nez et s'est arrêtée sous mon nombril. À ce moment-là, j'ai su que j'étais enceinte. Je l'ai su dans mes flancs.

— Quel dommage, Miriam, que tu ne l'aies pas vu en face. Tu l'avais si près de toi. S'il revient te voir, garde les yeux ouverts, je t'en prie. Et demande-lui quelque chose, ne reste

pas silencieuse. À propos, comment était son hébreu?

— C'était celui des Saintes Écritures, et pas notre araméen moderne. Et sa voix était comme les gouttes qui tombent d'un seau dans un puits. Quand je vais puiser de l'eau à la citerne, le seau en perd un peu en remontant. La voix du messager faisait le même bruit, l'accent tombait sur les syllabes comme les gouttes qui tombent d'une hauteur dans une eau immobile.

« Vous savez ce que je pense, mère? Que j'avais déjà entendu ce *Shalòm Miriam*. Ce n'était pas mon imagination de jeune fille un peu rêveuse qui me faisait entendre ces syllabes tandis que je puisais de l'eau à la citerne. Elles étaient vraies, elles avaient déjà été là d'autres fois. C'est sans doute pour ça que je n'ai pas eu peur en les entendant à nouveau dans ma chambre. C'était seulement bizarre qu'elles soient loin de la citerne.

— Tu as tellement changé, ma fille. On dirait que le monde ne te concerne pas. Tu n'as pas regardé en face le messager, mais tu sais parler avec précision de sa voix, de son odeur. Tu fais comme les aveugles.

— C'est ainsi, mère : aveugle à l'extérieur et éclairée à l'intérieur. Je suis comme ça maintenant. Plus les jours avancent et plus affleure sur ma peau la clarté de la lumière que j'ai dans mon corps. Ce petit être qui est en moi est une source lumineuse. Quand je devrai lui donner le jour, je me retrouverai éteinte en train de compter les étincelles laissées. À présent déjà, je suis émue par les lucioles.

10

Nativité

La fête nous rappelle que nous sommes des
mammifères, nés de mères qui nous ont portés
dans leurs ventres. Nous sommes sortis de nos
mères dans un plongeon de la tête, certains
les pieds en avant. Et puis, ils ont préféré plon-
ger en chandelle du haut d'un rocher.

Miriam/Marie est une mammifère. Sa mater-
nité trompa son époux, elle fut enceinte de tout
autre semence, après l'annonce de l'ardent
messager. «Pleine de grâce» (*Meleà ḥen*), lui
dit-il et, alors qu'il le dit, elle se sent débordante
de force et affranchie de toute crainte.

La fête nous rappelle que la semence du père
est peu de chose, négligeable, un crachat sur
une terre bénie. Le père est le métier, l'atelier
du charpentier, l'apprentissage à manier des

outils. Le père est un nom à l'état civil, la Loi à étudier, l'assemblée.

La fête célèbre l'enfant, son expulsion des entrailles, l'irruption de la première bouffée d'air à l'intérieur de ses poumons de poisson dans le bassin maternel. Mais la plus grande fête est celle de Miriam/Marie qui pousse et contracte son ventre dans la nuit d'hiver de Bet Lèḥem, Bethléem, maison de pain. Son fils devait être pondu là, loin de la Galilée, de Nazareth, son domicile. La fête est celle de Miriam/Marie, mère de voyage. Bet Lèḥem, Bethléem se trouve en Judée, sud d'Israël. Iosèf/Joseph est né là, puis il est allé vivre au nord, en Galilée, qui était une Lombardie, sous le Liban, la Suisse de l'époque. Iosèf était un ouvrier du Sud qui avait émigré pour trouver du travail dans le Nord. Il n'a pas dû regretter de partir pour le recensement, voulu par les Romains, qui obligeait à se faire enregistrer dans son lieu de naissance. Ce fils de Miriam/Marie devrait naître là, à Bet Lèḥem.

Ieshu/Jésus est un Méridional par naissance, et aussi par goût. Il s'entendait bien avec les pêcheurs, il reconnaissait le poisson frais, il inaugurait des pêches miraculeuses. Bet

Lèḥem, maison de pain : le pain pour manger avec les poissons, c'est une histoire du Sud.

Mammifère elle, épouse sans noces, vierge fécondée par la voix de l'Annonce : selon le christianisme, elle ne connut pas les étreintes. Mais les douleurs de l'accouchement oui, et sans ménagements, sans les anesthésies miraculeuses et sans sages-femmes. Qui coupa son cordon ? L'alène de maître Iosèf/Joseph, le poinçon effilé avec lequel on perce le cuir, utile en voyage pour réparer une monture, une sandale. Ou bien est-ce le couteau à pain qui le coupa ? Un outil la sépara de son fils. Miriam/Marie n'éprouva aucun soulagement à ce moment-là, mais un élancement, une avance de douleur.

Les mères savent, puis oublient aussitôt, mais à ce moment-là elles savent le destin sanglant de leurs enfants, s'il sera celui d'Abel ou de Caïn. Elles oublient en un clin d'œil l'insupportable connaissance. Miriam/Marie se laissa troubler par la coupure du cordon.

Elle l'allaita, on ne sait pas combien de temps, à cette époque les nourrissons étaient sevrés tard. Son enfant était calme, il ne pleurait pas, elle n'avait donc aucun prétexte valable pour le garder dans les bras et le consoler d'un mauvais rêve, d'une blessure, d'un jouet cassé. Elle l'allaitait plus longuement, pour avoir une raison de le serrer contre elle. Ensuite, elle le laissait et il retournait à ses dessins et à ses lettres dans la poussière, le sable. Puis il effaçait. Il ne voulait rien laisser par écrit.

Mets-le en apprentissage, donne-lui un métier, le garçon est trop silencieux, il ne joue pas avec ceux de son âge, il est perdu dans ses pensées. Mets-lui une scie et un rabot dans les mains, enseigne-lui le marteau.

Iosèf/Joseph hésitait, il ne voulait pas. Ce fils plongé dans l'étude des phrases du prophète Isaïe l'intimidait. Abîmer ses mains, ses journées, l'obliger à obéir, à exécuter, transpirer dans la forte odeur de la colle de poisson, au milieu des mouches. Joseph s'excusait, ce n'est pas encore le moment de l'endurcir.

Ce fils sauvé en songe, unique reste d'un massacre spécialisé en enfants : en faire un charpentier, un fils de charpentier, lui semblait un gâchis. Peut-être deviendra-t-il un sage en Israël.

Ieshu/Jésus, de *iesha* « salut », un nom de fortune parce qu'une nuit le messager apparu en songe à Iosèf/Joseph ordonna la fuite juste à temps, avant le massacre. Un roi sans conscience exterminait des enfants de Bet Lèḥem croyant à la nouvelle de la récente naissance en ce lieu d'un nouveau roi, un usurpateur de son trône donc. Le pouvoir de tuer est une prérogative des tyrans. Celle de sauver, non, elle appartient à un autre magistrat qui, par un messager, ordonna la fuite et le salut.

Iosèf/Joseph s'enfuit vers l'Égypte, camp de naissance d'un autre sauveur, Moïse, rescapé d'un massacre identique de l'enfance. Ieshu/Jésus, comme Moïse, fut un nom heureux.

Fête de père pour l'enfant mâle, les bergers qui campaient dans les environs viennent avec du fromage. Ils connaissent les étoiles, ils dorment au-dessous accroupis, et savent que les étoiles ont des lettres, des lignes, que les nuits sont des pages rédigées. Des bergers, des hommes qui veillent et surveillent les troupeaux et les étables viennent apporter leurs félicitations, « un garçon est né ».

Miriam/Marie le vit un jour alors qu'il était adossé à un arbre, debout. Lorsqu'il la vit lui aussi, il ouvrit les bras et l'attendit sans bouger. Elle alla à la rencontre de son fils qui était contre le bois d'un arbre les bras grands ouverts. Elle fut une nouvelle fois clouée sur place par un élancement, le même que celui de la coupure du cordon.

Son fils se détacha du bois et alla à sa rencontre. Ils ne dirent rien pendant leur étreinte. Lui savait, elle, elle avait déjà su.

La voix du messager lui avait laissé une graine d'avenir prescrit. Elle voudrait être Iosèf/Joseph, qui aime son fils, mais qui n'est pas sa chair. Elle voudrait être son fils pour se mettre à sa place contre le bois. Telles sont les mères. Noël est une fête de mammifère blessée.

Miriam/Marie, dernière dans la liste de Matthieu après quatre femmes mystérieusement gigantesques, offre à la chrétienté son point de départ, l'année zéro de sa grossesse hors la loi. Avant de monter dans une liste sacrée et sur les autels, avant d'être scellées dans la plus prestigieuse descendance du monothéisme, ces femmes furent remplies de grâce, force surnaturelle pour livrer seules le combat avec le monde et avec les lois des hommes. Bravo Matthieu de les revendiquer mères de messie, en fixant leurs noms et leurs amours nécessaires dans le tronc béni, duquel n'est pas sortie la dernière parole.

11

Toi femme

Depuis plusieurs millénaires, tout le monde sait que la divinité condamne la première femme à accoucher avec douleur. Depuis plusieurs millénaires, cette fausse information circule. Bien sûr, la douleur n'est pas absente dans l'accouchement, en revanche la mauvaise intention punitive de la divinité en est absente. À ce moment crucial de l'histoire sainte, point de départ de l'affaire du péché originel, la parole prononcée dans le jardin dit autre chose.

Elle dit à la femme qu'elle accouchera avec effort ou fatigue. Elle le dit comme une constatation, non comme une condamnation. Après avoir goûté à la connaissance du bien et du mal, une transformation se produit :

« Et s'ouvrirent grand les yeux de tous les deux et ils connurent qu'ils sont nus » (Bereshìt/Genèse, 3, 7).

Aucune espèce animale ne sait qu'elle est nue.

Ce qui s'est passé, c'est qu'ils n'appartiennent plus au reste des espèces animales. Ils ont conscience de leur nudité, d'où naît le sentiment de honte, origine de comportement. C'est une transformation biologique, pour la première fois la conscience l'emporte sur la nature.

La divinité les avait avertis du danger de mort encouru s'ils cueillaient le fruit de cette connaissance : c'était vrai. Leur vie précédente est irrémédiablement perdue.

Alors, la divinité informe simplement la femme qu'elle accouchera avec effort. Elle n'aura plus l'agilité de gestation et d'accouchement des espèces animales. Ce sera un acte qui nécessitera de plus en plus d'assistance, pour en arriver actuellement à la proportion extravagante de plus de trente pour cent d'accouchements par césarienne dans notre pays.

La même annonce est transmise à Adàm :

« Maudit le sol (*Adàmà*) à cause de toi » (3, 17). Que vient faire ici la terre ? Elle sera maudite parce que l'homme ne se contentera plus du rendement spontané du sol, mais il le forcera, le persécutera pour lui arracher plus de fruit et de profit. La terre sera maudite par l'exploitation et la sueur d'Adàm sur elle. Le jardin ne leur suffira pas. La connaissance du bien et du mal pousse à forcer les limites. L'état de nature suffisant ne suffira plus. La divinité n'a aucune volonté punitive, elle qui, au terme de ces annonces, s'occupe d'eux avec un geste d'attention maternelle :

«Et fit Elohìm à l'Adàm et à sa femme des tuniques de peau et les vêtit» (3, 21).

Rien ne condamne à la douleur d'accouche-ment : le mot hébraïque *ètzev*, et ses dérivés, veut dire «effort», ou «fatigue», ou «peine». Ce n'est pas ma lecture, mon interprétation. Le mot *ètzev* revient six fois dans l'Écriture sainte, quatre fois dans le livre Mishlé / Pro-verbes (5, 10 ; 10, 22 ; 14, 23 ; 15, 1), une fois dans les Psaumes (127, 2) et une fois dans le jardin. Les références des six fois permettent de vérifier ce que je dis : cinq fois les différents traducteurs rendent *ètzev* par effort, ou fatigue, ou peine, et une fois ils le détournent et le traduisent par «douleur». De propos délibéré, les traductions masculines inventent ici une volonté divine de punir la femme, de la char-ger du sens de culpabilité d'un péché originel à expier par les douleurs de l'accouchement.

Elles sont en fait une conséquence mécanique de l'acte de naissance, non pas un châtiment de la divinité.

L'erreur est là depuis des milliers d'années et n'est pas réparable. Je n'espère pas non plus que les futures traductions corrigent cet abus. Il me suffit de savoir que la volonté divine de punir par une douleur maligne cette première femme, sommet de perfection, n'existe pas. Il me suffit de savoir que le doigt/gâchette pointé du haut des chaires, toi femme tu accoucheras avec douleur, est vide, sans commanditaire.

12

Congé

Ante Zemljar était un poète yougoslave, natif de l'île de Pag. Il a été résistant, il a combattu les Allemands et les fascistes italiens qui avaient occupé sa terre. Il a connu leurs prisons. Il a gagné sa guerre.

Puis, sous le communisme de Tito, il a été incarcéré pour dissidence et condamné aux travaux forcés et aux coups sur une île, dite Île Nue. Un temps de notre vie, nous avons été amis, nous avons passé de bonnes soirées à nous raconter des histoires. Il parlait un peu italien, beaucoup de prisonniers de l'Île Nue appartenaient à notre peuple, communistes, résistants, eux aussi enfermés comme suspects.

Ante avait appris aussi leurs chansons dont une lui revenait assez souvent et il la chantait avec un demi-sourire : « *Non ti potrò scordare*

piemontesina bella, tu sei la sola stella che brillerà per me[1]. »

Ante m'a raconté comment il parvenait à résister à sa journée de travail passée à casser des pierres avec une masse en fer, pierres sur pierres pendant cinq ans. Il mesurait un mètre quatre-vingt-cinq, il pesait quarante-cinq kilos, un squelette armé d'une grille de tendons.

Il s'était persuadé qu'à l'intérieur de chaque pierre à casser était enfermée une étincelle prisonnière. De ses coups, il brisait la cage et la délivrait. On leur faisait jeter les pierres cassées dans la mer, leur fatigue ne devait servir à rien, c'était une peine pure, rien qu'un abrutissement. Mais lui s'était inventé un but secret. Et donc, même en fin de journée, il donnait des coups pour voir sortir les étincelles à l'air libre. Un prisonnier a besoin d'une raison plus que d'une prière et d'une lettre de chez lui. Elle vaut mieux que les calories et la nourriture, elle sauve le temps de la peine.

1. « Je ne pourrai pas t'oublier ma belle Piémontaise, tu es la seule étoile qui brillera pour moi. » (*N.d.T.*)

Délivrer des étincelles prisonnières de l'intérieur de la matière : je ne sais pas exactement pourquoi je parle d'Ante à la fin d'une histoire de femmes spéciales de l'Écriture sainte.

LISTE DES ILLUSTRATIONS

vers 1555-1559. Museo Thyssen-Bornemisza, Madrid. Photo © Museo Thyssen-Bornemisza/Scala.

p. 47.   Marc Chagall, *Tamar, belle fille de Juda*, M. 243, 1960. © Adagp, Paris, 2014. Photo © Bouquinerie de l'Institut.

p. 60-61. Nicolas Poussin, *L'Été* ou *Ruth et Booz*. Musée du Louvre, Paris. Photo © RMN – GP (musée du Louvre) / Jean-Gilles Berizzi.

p. 68.   Artemisia Gentileschi, *Bethsabée au bain*, vers 1636-1638. Collection particulière. Photo © Matthiesen Ltd.

p. 78.   Sandro Botticelli, *L'Annonciation*, 1489-1490 (détail). Galleria degli Uffizi, Florence. Photo © RMN – GP / Agence Bulloz.

p. 81.   Fra Filippo Lippi, *L'Annonciation*, 1440 (détail). Église San Lorenzo, chapelle Martelli, Florence. Photo © Luisa Ricciarini / Leemage.

p. 87.   Piero della Francesca, *L'Annonciation* (détail). Église San Lorenzo, Arezzo. Photo © Electa / Leemage.

p. 94.   Andrea del Sarto, *Vierge à l'Enfant avec Saint Jean-Baptiste*, 1515. Galleria Borghese, Rome. Photo © Electa / Leemage.

p. 100. Masolino da Panicale, *La tentation d'Adam et Ève*, 1424-1425. Église Santa Maria del Carmine, Chapelle Brancacci, Florence. Photo © Raffael / Leemage.

p. 103. Paysage à l'olivier. Photo © C.F.

DU MÊME AUTEUR

Aux Éditions Gallimard

ACIDE, ARC-EN-CIEL («Folio» n° 5302).

EN HAUT À GAUCHE («Folio» n° 5491).

PREMIÈRE HEURE («Folio» n° 5363).

TU, MIO («Folio» n° 5207).

TROIS CHEVAUX («Folio» n° 3678).

MONTEDIDIO. Prix Femina étranger 2002 («Folio» n° 3913).

LE CONTRAIRE DE UN («Folio» n° 4211).

NOYAU D'OLIVE («Arcades» n° 77; «Folio» n° 4370).

ESSAIS DE RÉPONSE («Arcades» n° 80).

LE CHANTEUR MUET DES RUES, *en collaboration avec François-Marie Banier.*

AU NOM DE LA MÈRE («Folio» n° 4884).

COMME UNE LANGUE AU PALAIS («Arcades» n° 86).

SUR LA TRACE DE NIVES («Folio» n° 4809).

QUICHOTTE ET LES INVINCIBLES, *spectacle poétique et musical avec Gianmaria Testa et Gabriel Mirabassi*, Hors série DVD.

LE JOUR AVANT LE BONHEUR («Folio» n° 5362).

LE POIDS DU PAPILLON («Folio» n° 5505).

LES POISSONS NE FERMENT PAS LES YEUX («Folio» n° 5847).

ET IL DIT («Folio» n° 5671).

ALLER SIMPLE.

LE TORT DU SOLDAT.

Dans la collection «Écoutez lire»

LE CONTRAIRE DE UN (1 CD).

Aux Éditions Rivages

ALZAÏA.
REZ-DE-CHAUSSÉE.
LES COUPS DES SENS.
UN NUAGE COMME TAPIS.

Aux Éditions Verdier

UNE FOIS, UN JOUR (repris sous le titre PAS ICI, PAS MAINTENANT, «Folio» n° 4716 et sous le titre PAS ICI, PAS MAINTENANT / NON ORA, NON QUI, «Folio Bilingue» n° 164).

Aux Éditions Mercure de France

LES SAINTES DU SCANDALE, 2013 (Folio n° 5848).

Impression Clerc
à Saint-Amand Montrond, en octobre 2014
Dépôt légal : octobre 2014
Numéro d'imprimeur : 14058

ISBN 978-2-07-045966-7/Imprimé en France